Le Dictionnaire de mon corps

Magali Hack

Le Dictionnaire de mon corps

Le Défriché

De la même auteure

Marengo Marengo, L´Harmattan, 2017
Confidences à un ange, L´Harmattan, 2019
France Maïs, Le Défriché, 2021
Miss L et Monsieur Perruchet, Le Défriché, 2021

©Le Défriché, 2021
http://ledefriche.com
ISBN : 978-2-9572575-2-2
Dépôt légal : mars 2021

À ma mère et à ma fille.

« Être en somme ethnologue de moi-même »

Annie Ernaux, *La Honte*

A - Accouchement

L'accouchement, en soi, s'est très bien passé. Une césarienne planifiée, une vraie partie de plaisir.

Le lundi 12 décembre 2016, très tôt le matin, nous nous rendons tranquillement à la maternité. Une fois changée, je peux encore me reposer. À un moment donné, je vais aux toilettes et la sage-femme m'annonce : « Dans dix minutes, c'est votre tour ». On nous conduit dans la salle de travail. Jusqu'au bout, Frank reste avec moi.

L'anesthésiste prend les commandes, je n'ai qu'à me laisser faire. Plus vite que je ne l'aurais imaginé, on ouvre mon ventre et mon bébé en sort. Je ne sens rien si ce n'est une lourde pression sur l'abdomen au moment où Juliette est retirée de mon utérus. Tout de suite, son cri et l'exclamation du médecin : « Quel beau gros bébé ! »

La sage-femme lave Juliette puis la place dans les bras de son père. Enfin, on me la donne. Les médecins s'activent à m'enlever le placenta et à me recoudre. Derrière un drap, pendant ce temps, je suis avec ma fille et mon mari.

Nous restons deux heures en salle de réanimation. Accouchée à onze heures, à quinze heures je marche, me forçant à faire deux allers-retours dans le couloir. Je prends des anti-douleurs, je veux me lever à tout prix. L'infirmière est réticente mais j'insiste pour quitter le lit, j'ai lu quelque part qu'une fois le corps remis en route, c'était plus facile. Maintenant, avec le recul, je crois que c'était un peu exagéré.

En Allemagne, le pays où je vis, la césarienne est souvent vécue comme un échec par les futures mamans. Or, sans cette césarienne, Juliette serait aujourd'hui peut-être handicapée et moi, mutilée à jamais.

Plus que jamais, à ce moment, j'ai été reconnaissante des progrès de la médecine. Si c'était à refaire, c'est sûr, je ne changerais rien.

B – Baiser

Bisous, bouche, baiser. Toute petite, pour moi, le trio gagnant. On fait ou on se fait des bisous sur la bouche et on trouve ça drôle. C'est l'époque du Club Dorothée et Carlos vient chanter *Big bisous* à la télé.

Ensuite, la curiosité pour le mot « baiser », sans doute à cause des contes de fée que l'on me lit ou que je regarde – les versions de Disney. Le baiser, c'est plus qu'un bisou. Il métamorphose la princesse plus qu'il ne la réveille. Le soir, maintenant, dans mon lit, je m'allonge comme Aurore dans *La Belle au bois dormant*, mes longs cheveux bien disposés sur mon oreiller.

Je rêve alors de baisers et de baise-mains.

Quand ai-je eu conscience de la polysémie de ce mot ? En classe sûrement même si j'ai déjà entendu plusieurs fois l'expression « mal baisée » dans la bouche des adultes pour qualifier une femme aigrie.

« Mal baisée ». « Tu t'es faite baisée ». « Tu vas voir, je vais te baiser ». Ce mot que je trouvais si beau devient une injure, presque une menace.

Moi-même adulte, lorsqu'au début de ma carrière, je souffre de la jalousie de femmes plus âgées et pas forcément bienveillantes avec la jeune professeure que je suis, j'utilise ce terme pour les désigner. Avec mes copines, nous inventons même un code. MB pour « mal baisée ». PBDT pour « pas baisée du tout ». Cette classification est pratique. L'affaire est classée, stratégie de dérision pour contrer la réalité, le fait que je suis harcelée. Je ne me rends pas compte qu'en nommant d'autres femmes ainsi, d'une certaine manière, c'est à moi aussi que je manque de respect.

Finalement, ce sont Voltaire et son *Candide* qui me réconcilieront avec ce verbe et notamment l'usage que l'on en fait. Je suis en classe avec mes lycéens allemands et nous découvrons ensemble l'Eldorado, cette cité utopique. Deux détails les amusent fortement : le fait que les moutons soient rouges et que « l'on baise le roi des deux côtés ». Moi aussi, chaque fois, ça me fait rire.

B - Bobos

Enfant, les parties de mon corps qui m'intéressent le plus : mes genoux, mes coudes, mes mains. Mais surtout tous mes petits « bobos » qui, certains, deviendront cicatrices. Lorsque Maman ne me regarde pas, je mange les croûtes.

Quand je tombe et que je me fais un « bobo », je cours vers elle pour qu'elle me console. Elle me répond « Ça va, ma chérie ». J'enrage. J'ai besoin d'attention, de voir qu'elle se fait du souci pour moi. Son éducation à la résilience, parfois, elle me tape sur les nerfs.

Sur mon visage, sous l'œil gauche, j'ai un trait très fin. J'ai cinq, six ans. Nous sommes dans la cuisine et nous colorions. Nous faisons du bruit, nous chahutons. Nicolas, mon frère, prend un crayon et m'en donne un coup au niveau du visage. Heureusement, il rate l'œil. La remarque de Maman quand elle le gronde : « À cause de toi, elle ne pourra jamais être mannequin ».

Quelques années plus tard, toujours sur la même joue, la peau sera arrachée. Nous sommes au ski et sur une piste verglacée, je suis fauchée par un surfeur. Tout mon visage est éraflé. Longtemps, sur le côté gauche, j'ai une immense croûte en forme de larme.

Au niveau de mon sexe, deux cicatrices au départ, bientôt trois. Celles symétriques de mes opérations en tant que nourrisson - bébé, j'ai eu deux hernies. La troisième viendra beaucoup plus tard, c'est celle donc de ma césarienne.

Janvier 2021. Je suis dans la salle de bains et je les regarde, ces trois cicatrices. Trois traits blancs, assez fins. On dirait presque que c'est fait exprès, œuvre délicate, à la fois éphémère et éternelle de je ne sais quel artiste. Sous ces cicatrices, mes ovaires et mon utérus. De ces quelques centimètres est sortie ma fille. Je n'arrive toujours pas à le croire.

C - Clitoris

Mon clitoris comme l'iceberg dont on ne perçoit que la pointe. Mon clitoris, ce bouton de rose, si délicat et si puissant à la fois. Mon clitoris, ce n'est qu'un muscle. Mais ce n'est pas que ça non plus.

L'abréviation « clito », utilisée comme sobriquet presque, je ne l'aime pas. Dans la bouche de certains, de certaines même, sa réalité devient triviale, carrément vulgaire. Mon clitoris, c'est bien plus. Un peu de respect tout de même.

Le mot « clitoris », c'est un beau mot pour désigner quelque chose qui l'est aussi, beau. La source de mon plaisir. Avec ou sans partenaire.

Le clitoris des filles, qu'on le laisse donc tranquille, bon sang. Le gland des hommes ou leurs testicules, on n'en fait pas toute une histoire.

C - Complexes

Quels sont mes complexes ?

Tout d'abord, ma taille. Déjà au CP, dans la classe de Madame Gravallon, cette humiliation cuisante d'être nommée par la maîtresse « grande girafe ». Les garçons reprennent ce surnom dans la cour de récréation, les plus petits notamment.

Durant toute l'école primaire, j'ai souffert d'être grande. Au début, moi, je n'ai pas vu le problème. Les autres, si. Il faudra attendre l'adolescence pour que je me fiche de leur regard. Une grande taille, quand on est sportive, c'est un atout. Remporter des compétitions et être vue comme très athlétique, ça a été crucial.

Un autre complexe, cette fois-ci, apparu au moment de ma puberté : ma poitrine menue. Là encore, les garçons sont en partie responsables. Les copains avec leurs blagues un peu lourdes. Rien de bien méchant mais ces plaisanteries n'ont pas lieu d'être.

Les remarques sur mon ventre aussi. Non, je n'ai pas le ventre plat, je ne l'aurai sans doute jamais. C'est une question de courbure, j'ai du mal à me tenir droite et même si je m'oblige à y penser, j'ai une posture naturelle me forçant à être un peu voûtée, le ventre alors en avant. Ça a toujours été ainsi. Je suis née courbée, j'ai grandi courbée et sans doute mourrai-je courbée.

Heureusement, à l'âge adulte, tous ces complexes, sauf peut-être celui du ventre, ont presque disparu. Je me regarde dans le miroir, je vois bien que mon corps n'est plus celui d'autrefois. J'ai grossi ; si je ne nage pas, mes muscles se transforment en graisse et en cellulite. J'apprends à vivre avec même si c'est parfois difficile. L'écriture m'aide alors à me définir autrement, à prendre de la distance aussi. À l'impossible nul n'est tenu.

C - Contraception

Au collège, dans les années quatre-vingt-dix, dès la classe de quatrième, la contraception est au programme. Les préservatifs et la pilule. Passage obligé de l'adolescente qui deviendra femme. Prendre la pilule, toutes, on n'attend que ça. Même si on n'a jamais eu de petit copain, ne serait-ce que pour lutter contre l'acné. Prendre la pilule, dès la classe de seconde, c'est un peu comme avoir ses règles en sixième ou en cinquième : rite initiatique, pour être comme les autres, moi aussi je suis une femme maintenant.

Le gynécologue qui me prescrit la pilule est une femme. Pas forcément que Maman refuse que ce soit un homme. Cette femme jouit tout simplement d'une très bonne réputation. J'ai oublié son nom. Elle me prescrit une pilule nouvelle génération, non remboursée par la Sécurité sociale. Elle coûte dix euros par mois mais là, au moins, aucun risque que je ne grossisse. Rien à voir avec la Diane, déjà considérée comme pouvant entraîner des effets secondaires assez désagréables, voire graves.

Je prends la pilule à heure fixe, avec de l'eau. Pour le reste, je ne remarque rien, sauf que mes règles sont désormais beaucoup plus régulières.

La pilule, ma mère me la fait prendre parce que j'ai un petit ami maintenant. Un Allemand que j'ai rencontré en vacances et chez qui je vais passer l'été. J'ai seize ans, il en a vingt-et-un. Maman n'est pas dupe.

Le préservatif, c'est l'affaire des garçons mais là aussi, ma mère insiste pour que je fasse bien attention. L'Allemand en question - il s'appelle M. - a pensé à tout. Je crois que ses parents, enseignants eux aussi, l'ont briefé. Il ne faudrait surtout pas que la petite Française tombe enceinte.

Dérouler un préservatif, à l'école, on n'a jamais appris. Il me semble qu'en Allemagne, les jeunes bénéficient d´une éducation sexuelle beaucoup plus pratique - je me souviens des grandes affiches publicitaires dans la rue, avec un concombre ou une courgette portant une capote.

J'arrêterai la pilule à trente-et-un ans. Pendant quatorze ans, avec des périodes d'interruption, je l'aurai prise. Je viens de rencontrer Frank. Très vite, mon cycle est régulier. On peut commencer à faire un bébé. Ouf.

D - Dents

Mes dents, c'est un sujet complexe. Elles m'ont toujours préoccupée.

Mes dents de lait que l'on conserve dans une petite boîte verte et dorée, une fois que la petite souris est passée.

À l'école primaire, mes dents de lapin car j'ai trop sucé mon pouce. Mes grosses dents de devant qui me font vraiment ressembler à cet animal.

Au collège, la souffrance de devoir porter un appareil dentaire, des « bagues » qui me blessent l'intérieur de la bouche et agressent mes gencives. Ces deux ou trois années-là, je ne souris pas.

Ensuite, le rêve très fréquent de perdre mes dents. Je n'ose pas en parler autour de moi, j'ai peur que l'on se moque mais ce rêve me terrifie. Chaque fois, je touche une dent qui tombe et j'essaie de la recoller comme je peux.

Seulement la veille de mes trente ans, ce rêve cessera. En Allemagne, j'ai un dentiste qui me comprend et surtout qui m'écoute. Il constate que je grince des dents la nuit, selon lui ça se voit tout de suite.

Il me confectionne un appareil pour la nuit, sorte d'airbag en plastique sensée amortir les chocs. Je commence alors à m'intéresser à la psychanalyse, formelle à ce sujet : rêver de perdre ses dents, c'est lié à l'angoisse de la mort. À partir de ce moment-là, comme par miracle, la fréquence de ce rêve diminue. Aujourd´hui, ce rêve, je ne le fais plus.

E - Élastique

« Élastique », c'est sans doute le mot qui relie le plus mon enfance, mon adolescence et ma vie de femme.

L'élastique dans mes cheveux quand Maman ou Papa ont le temps de me faire des couettes le matin, avant que nous partions en classe.

L'élastique à la taille des pantalons et des jupes que Maman me coud. C'est sûr, ça ne va pas lâcher. Maman, comme toute couturière qui se respecte, ne lésine pas sur la qualité.

L'élastique avec lequel on joue dans la cour de récréation. On le fait monter progressivement, c'est de plus en plus difficile de sauter.

Les élastiques dans ma bouche au collège quand j'aurai un appareil dentaire. Quand je sors de chez l'orthodontiste et qu'il vient de faire un réglage, ça tire énormément.

Les élastiques que j'achète maintenant pour ma fille. Je n'ai pas le choix. Elle sait exactement ce qu'elle veut. « Le violet, c'est ma couleur préférée », « j'adore les paillettes ».

Le mot « élastique » enfin que je présente comme néologisme de son époque quand j'étudie en classe le poème de Rimbaud, *Ma bohème* : « Comme des lyres, je tirais les élastiques de mes souliers blessés, un pied près de mon cœur ! »

L'élastique, sous toutes ces formes, c'est ce qui aux yeux de la société contribue à ce que je sois perçue comme une fille. Justement, quand ai-je réellement eu conscience d'en être une, de fille ? Seule fille au milieu de garçons - je n'ai que des frères - quand la distinction s'est-elle faite ? Dès ma naissance, je porte des robes, celles que Maman me confectionne ou celles que l'on m'offre. Les survêtements sont eux aussi ceux d'une fille, le rose fluo vient contrebalancer le bleu.

Les barrettes dans les cheveux, les jupes à volants, le vernis sur les ongles.

Les jeux dans la cour : corde à sauter pour les filles pendant que les garçons jouent au foot.

Les premières barbies qu'on habille et qu'on déshabille, Ken asexué mais qu'on désire quand même.

Sans insistance, de manière presque naturelle, le genre m'a été imposé. Même si, au fond, je crois n'avoir besoin ni des autres ni de la société pour savoir ce que je suis.

Mon corps de fille m'interpelle très tôt, mes petits seins, ma zézette, mes fesses rebondies.

Je me sens fille, aime les garçons. Dans les années quatre-vingt-dix, en province, on ne se pose pas toutes ces questions. Certains adolescents souffrent, on le voit bien, mais toutes ces choses-là sont encore tues et très mal vues.

J'écris « Je me sens fille, aime les garçons » comme si c'était une évidence et comme si la question du genre ne me concernait pas. Un peu aussi, il faut l'avouer, comme si à mes yeux cette question était un effet de mode.

C'est évidemment bien plus complexe que ça.

Je donne l'impression qu'être amoureuse d'un garçon m'est venu naturellement. Or, c'est inexact. Il y a quelques années, moi aussi, je me suis demandé : es-tu bien sûre de ne pas aimer les filles ? Ce que tu ressens envers les hommes, est-ce réel ou n'est-ce que construction ?

F - Féminité

Ma mère a toujours été féminine, même pendant les périodes difficiles de sa vie. Je l'ai toujours vue faire attention à elle, même quand ça lui coûtait des efforts.

Aller chez le coiffeur, se faire un soin du visage, porter des bijoux, ne serait-ce que de simples boucles d'oreilles.

Pendant de nombreuses années, j'ai cru que la féminité était une question de vêtements et d'accessoires. Port d'une jupe ou d'une robe obligatoire, des talons hauts, un décolleté. Du rouge aux lèvres, du fard sur les paupières. De la lingerie fine, une coupe à la mode, une manucure parfaite.

Et puis, j'ai évolué. Je me suis rendue compte que cette vision des femmes, mais surtout de moi-même, était rétrograde.

Aujourd'hui, la féminité est une attitude, une manière de vivre. Un peu comme la Négritude en littérature, c'est affirmer haut et fort sa condition de femme et ne pas la renier. Au contraire, en être fière et se battre pour elle. Lutter contre le sexisme ordinaire et le retour en douce de vieux réflexes ou comportements qu'on croyait disparus.

Nul besoin de porter des jarretelles pour être femme. Je suis femme par ce que je fais. Et non par ce que je porte ou veux incarner.

D'une certaine manière, comme l'existentialisme était un nouvel humanisme, la féminité, aujourd'hui, c'est une projection de soi dans ce corps qui nous est donné. Qu'on n'est pas obligée d'accepter mais qui, en attendant, est bel et bien là.

Finalement, féminité ou féminisme, c'est du pareil au même. Ça veut dire : même avec sourire et avec charme, ne surtout pas baisser la garde.

G - Grossesse

Je n'ai connu qu'une grossesse, à l'âge de trente-deux ans. Trente-deux ans, par hasard, l'âge de ma mère quand elle-même m'attendait.

Tout d'abord, la chance de ne pas subir de fausse-couche et que tout se passe bien.

Au début, pourtant, ce n'était pas gagné. Avec Frank, nous avons essayé pendant plus d'un an d'avoir un bébé et ça n'a pas marché. Nous avons alors décidé de ne pas attendre et d'avoir le courage de dépasser nos préjugés. Nous avons eu recours à l'insémination artificielle.

L'infertilité est un sujet encore tabou. Beaucoup de couples souffrent de nombreuses années alors que la science peut les aider. Grâce à ma mère sans doute, j'ai toujours eu une approche assez pragmatique de ces choses-là. S'il y a un problème, cherchons une solution et faisons confiance au progrès.

Là encore, nous avons eu beaucoup de chance. La première fois a été la bonne. Nous avons rempli les papiers le 18 mars 2016 ; le 21 mars j'ai eu mon insémination ; deux semaines plus tard, j'apprenais que j'étais enceinte.

Ma grossesse a été dès lors un moment fabuleux. Heureuse que, nous aussi, nous puissions attendre un enfant, j'ai profité de chaque instant.

Au risque d'être un peu mélo, la naissance de Juliette a été l'événement le plus marquant de ma vie. Avoir le droit de donner vie à un enfant et, qui plus est, à un enfant en bonne santé, pour toujours, j'en serai reconnaissante.

Si ma grossesse et l'arrivée de ma fille dans ma vie demeurent si essentiels, en revanche, je n'ai pas voulu d'autres enfants. J'ai toujours su que je n'en aurai qu'un même si cette expérience de la maternité, je souhaitais la faire et que cela aurait été pour moi terrible d'en être privée.

Est-ce lié au fait que je viens d'une famille nombreuse ? Que Frank, mon mari, est plus âgé ? Sans doute. Et puis qu'importe ?

La pression sociale de devoir faire plusieurs enfants. Être obligée d'entendre « Juliette a besoin d'un petit frère ». Pas forcément si, moi, la mère, ce petit frère ou cette petite sœur, je ne le veux pas.

Rien de pire que de faire des enfants car la norme l'exige. Un enfant, avant toute chose, il se désire.

H - Hormones

Au lycée, en biologie, j'ai appris le fonctionnement des hormones. Œstrogène et progestérone pour les femmes, testostérone pour les hommes. Je n'ai pas alors conscience d'être à leur merci, je considère que je suis d'humeur constante.

Lorsque je m'énerve et que je pousse un coup de gueule, certains garçons demandent si j'ai mes règles. Je leur aboie dessus, je ne vois pas du tout le rapport.

Les hormones vont faire leur entrée visible dans ma vie au moment de ma grossesse, lors du premier trimestre surtout. Nous sommes en Bourgogne, dans notre maison. Je fais une crise mémorable à Frank pour une pacotille. Il reste calme : « Je crois que tu es enceinte ». Ma mère, présente, s'empresse de renchérir : « Oui, elle est enceinte ». Je pleure, je ris, je fais un test : ils ont raison.

Après mon accouchement, les six semaines de yoyo émotionnel. Je suis fatiguée, à fleur de peau, suis heureuse et parfois complètement dépassée. Là encore les hormones. Là encore, Frank reste calme.

Chaque mois, au moment de mes règles mais aussi les quelques jours où je suis féconde, je suis très irritable, devenant alors carrément insupportable. Je réagis au quart de tour, dramatise au maximum, suis prête à boucler mes valises à la moindre remarque ou critique.

Mes humeurs. Je les décris et je me rends compte que je confirme alors certains préjugés masculins sur les femmes. Les hystériques, les lunatiques. C'est malheureusement vrai, en tous cas en ce qui me concerne.

Cette tyrannie des hormones, parfois, elle me fait souffrir. J'aimerais être toujours d'humeur égale, impassible, presque indifférente. Je me surprends à penser : vivement la ménopause. Et puis, je me houspille : le jour où tu auras ta ménopause, cela voudra dire que tu as vieilli. Que le temps a passé. Mais surtout que certaines personnes que tu aimes ne seront plus là.

I - Intestin

Avec l'estomac, les deux organes malaimés de notre corps. Les vilains petits canards de notre anatomie qu'on nomme presque en s'excusant. Et pourtant, leur rôle est très important, non seulement dans leur fonction respective au sein de notre organisme mais aussi au niveau de la gestion de nos émotions. Pour moi, ils sont indissociables, un peu comme des frères siamois qu'on refuse de séparer.

L'intestin. Ce grand serpent sinueux. Notre second cerveau, si essentiel, enfin reconnu, sans doute grâce au livre *Le charme discret de l'intestin*, écrit par une Allemande, Giulia Enders. En allemand, l'expression « Bauchgefühl » est sans appel : notre ventre est le centre de ce que nous ressentons.

Cet aspect de l'intestin comme éponge qui absorbe ce que l'on éprouve, j'en ai fait moi-même l'expérience.

En 2007, j'ai fait une sorte de burn-out, sans doute lié aux problèmes à l'école avec mes collègues femmes plus âgées. Je passe l'hiver à être constamment malade et fatiguée. Et toujours, à droite, ce point douloureux sur le côté. Le médecin me prescrit des vitamines. En vain. Je suis placée en congé maladie. Ça ne s'arrange pas. Survient alors l'épisode de la coloscopie. Je bois des litres d'une potion qui me vide. Le médecin qui s'occupe de moi est un parent d'élève. L'anesthésie n'est pas assez forte : je me réveille en pleine intervention. Maintenant, ça me fait rire mais sur le coup, cette expérience désarçonne la jeune femme que je suis.

J - Jouir

« Jouir ». « Faire jouir ». Formes transitives du verbe. « Se faire jouir ». Verbe réfléchi. Cette nuance grammaticale, déjà, elle me subjugue.

Jouir absolument

Jouir ensemble

Parfois, faire aussi semblant de jouir.

Au collège, la polysémie de ce verbe, comme pour « baiser », nous fait rire – ou plutôt fait rire les plus malins de la classe. Les autres, nous sommes bien trop gênés pour oser glousser.

Aujourd´hui, c'est au tour de mes élèves dans mes cours de français d'éprouver cette gêne. Nous étudions le poème *Le lac* de Lamartine et son injonction au Carpe Diem : « Aimons donc, aimons donc ! De l'heure fugitive, hâtons-nous, jouissons ! » C'est reparti, quelques-uns pouffent déjà.

Pauvre Alphonse, s'il avait su.

J - Journal de mon corps

Au départ, ces deux questions concernant mon texte : quelle structure lui donner ? Quel titre doit-il porter ?

Avant d'adopter la forme du dictionnaire, je voulais tenir un journal. J'ai tapé sur Google les mots « journal de mon corps » et suis tombée sur un site internet un peu particulier, un de ceux qui vantent les mérites de la chirurgie esthétique. Par curiosité, j'y ai jeté un coup d´œil. Très peu pour moi.

En discutant avec mon amie Marie-Laure de ce projet d'écriture, elle m'a conseillé le livre d'un auteur que, toutes deux, nous affectionnons beaucoup, *Journal d'un corps* de Daniel Pennac.

Daniel Pennac est l'écrivain qui m'a fait aimer la lecture. Au collège, la découverte de la saga Malaussène a été pour moi fondamentale. Le style, cette famille un peu folle, j'ai tout de suite accroché. Plus tard, j'ai dévoré d'autres de ses œuvres. Pennac, je suis tout simplement fan de lui.

J'ai cherché à me procurer son livre, l'ai téléchargé en format audio. Pendant que j'écris mon texte, j'écoute le sien. C'est étrange : j'écris sur mon corps de femme et j'entends un homme parler du sien. Mais, paradoxalement, d'une certaine manière, c'est comme si nous étions en dialogue**.**

K - Kilos

J'ai toujours connu ma mère en train de faire un régime. Au milieu des années quatre-vingt-dix notamment où, marquée par le deuil et la tristesse d'avoir perdu son fils puis son père, elle a trop de chagrin pour pouvoir penser à soi. À cette époque, les publicités *Slimfast* à la télévision, avec Marie-Christine Barrault vantant les mérites d'une poudre chocolatée. Plus tard, au début des années 2000, la découverte de *Weight Watchers* et de son système à points.

Depuis mes quinze ans, à intervalles réguliers, je fais un régime. Aujourd'hui, on dirait plutôt « un programme de rééquilibrage alimentaire ». Au début, quand j'arrête l'aviron, pour éviter de trop grossir. À vingt-deux ans, au moment de ma première rupture et de ma titularisation, histoire de me sentir mieux dans mon corps. À trente ans, là encore au moment d'une rupture. Après ma grossesse puis après le premier confinement.

Je suis une adepte de Weight Watchers. Je sais comment ça marche et je sais que ça marche. Je ne me prive pas, je fais juste attention. Exit aussi l'alcool et les sucreries, le verre de vin du soir accompagné de chocolat noir.

Depuis mon adolescence, j'ai ce qu'on appelle « un poids de forme ». Soixante-huit kilos pour un mètre soixante-dix-huit. Je ne cherche pas à être plus mince. Avec le temps, ce poids de forme s'est un peu modifié, aujourd'hui c'est soixante-douze kilos et je dois batailler ferme.

L – Libido

Pendant de longues années, même jeune adulte, j'ai ignoré le sens de ce mot. À mes oreilles, il sonne comme « Lio », la chanteuse des *Brunes ne comptent pas pour des prunes,* ou comme « Lido », le cabaret parisien avec ses belles filles qui paradent les seins nus. Je pense aussi à *La Lambada*, cette musique si entraînante qui, dans notre enfance, nous faisait danser.

Assez tard, j'ai appris que ce terme aux consonances latines renvoie au désir. Alors, je n'ai pas compris pourquoi on parle de hausse ou de baisse, comme d'un thermomètre avec sa température.

Il me faudra du temps pour saisir et assimiler le rôle des hormones et d'autres facteurs comme l'âge, la fatigue ou le stress.

La libido, comme la marée, elle monte et elle descend. C'est comme ça et pas autrement.

Vivre avec sa libido, accepter aussi celle de l'autre, plus forte ou différente. Là encore, question de respect et objet d'un apprentissage.

Quand on parle de sa libido, souvent, c'est comme d'un bien précieux qu'il faut à tout prix préserver. « Réveiller sa libido », « retrouver sa libido ». Ce qui est le résultat d'une évolution naturelle se transforme en véritable défi contre l'ordre des choses.

Le véritable défi, le vrai apprentissage, ne serait-ce, finalement, pas celui-ci : accepter cette évolution ? Accepter aussi que, pour différentes raisons, on n'a tout simplement pas toujours envie ?

M - Miroir

Mon premier reflet dans le miroir, je ne m'en souviens pas. Chez mes parents, le seul miroir dont nous disposons est celui suspendu au-dessus du lavabo.

Comme pour beaucoup de personnes, le miroir joue un rôle essentiel pendant mon adolescence. Je passe beaucoup d'heures dans la salle de bains, occupée à me contempler. De face, de dos ou de profil. Prendre conscience de ce moi qui change, qui sort définitivement de l'enfance, pour devenir une femme.

Je traque les miroirs. Besoin impérieux de me voir. Dans la rue, je guette mon reflet dans les vitrines. Mes frères me surnomment « Narcisse », je passe pour une fille égocentrique, assez sûre d'elle alors que, justement, c'est tout le contraire. Si je passe autant de temps à me regarder, c'est bien qu'il y a un problème. Je me cherche et espère me trouver.

Ce malentendu, on le retrouve dans le conte *Blanche-Neige*. La reine, cette marâtre sans cœur qui interroge sans cesse son miroir, on la déteste alors que finalement, on devrait la plaindre. Les années passent, lui enlèvent ses charmes et elle ne peut pas lutter. Plus je vieillis, plus j'aime ce personnage. De plus en plus, moi aussi, Blanche-Neige m'agace.

Ce rapport au miroir, je le retrouve aujourd'hui chez mes élèves. La nouveauté : le portable ou la web caméra - pendant le confinement - remplace ce bout de glace qui nous renvoie notre image. Le manque de confiance de mes élèves est à son comble devant leur ordinateur. Ils font ce qu'ils peuvent, sourient un peu, replacent une mèche. Installée de l'autre côté, je vois leur confiance en soi qui s'effrite. Ne surtout rien dire. Ils veulent montrer bonne figure. Je les laisse donner le change.

En tant qu'adulte, les seuls miroirs que je redoute, ce sont ceux des cabines, dans les magasins. Je me prends alors la réalité de mon corps en pleine figure. Lumière crue et aveuglante, le choc est violent.

N - Nudité

Enfant, j'aime être nue. Courir nue dans les couloirs de la maison à refuser de mettre mon pyjama. Être nue dans la baignoire et adopter des allures de vedette. Être nue dans la chambre de mon frère Yannick et rire aux éclats avec mes deux autres frères à cause de nos pitreries.

J'aime aussi beaucoup les expressions en français qui contiennent le mot « nu » : « pieds nus », « cul nu », surtout quand les adultes les prononcent.

Ce rapport simple à la nudité, je le retrouve chez Juliette, quatre ans maintenant. Sa tenue préférée à la maison : justement ne rien porter. Nous insistons, la grondons, la menaçons. Rien à faire, elle enlève le collant, balance le t-shirt. Lorsque nous sommes seuls, nous la laissons faire.

Quand ai-je commencé à être gênée par ma propre nudité ? Bien avant l'adolescence, ou plutôt la puberté, quand mon corps a commencé à se transformer. Déjà à huit, dix ans, sur la plage à Agay, lorsque ma mère refuse que je porte un maillot deux pièces. Je n'ai que le bas, comme les garçons, « pour éviter les marques ». Ma mère adore faire du sein nu et pars du principe qu'il n'y a pas de honte à avoir. Ces moments-là, je lui en veux.

L'été 1994, nous partons dans les pays de l'Est. Il fait très chaud, que ce soit en ville (quarante-et-un degrés à Budapest) ou pendant les trajets en voiture. Guillaume se met tout nu sur son siège, j'en fais autant. Aurélie, notre cousine, à peine plus âgée que moi, refuse. Nous nous moquons d'elle, ne comprenons pas sa pudeur. En Hongrie, nous lui faisons croire que nous allons dans un camping naturiste. Elle panique complètement. Ça nous amuse.

Pendant l'adolescence, dans les vestiaires à l'aviron notamment, je n'éprouve pas de gêne plus forte que la moyenne. Je ne cherche pas à me montrer nue mais avec les filles, dans les vestiaires, je ne me cache pas non plus.

À partir de seize ans et le début de ma relation avec M., j'aime mon corps nu et le plaisir de rester allongée nue dans le lit, des heures durant, sans ressentir le besoin de tirer la couverture.

M. me dit que je suis la plus belle femme du monde et comme j'aime M., j'ai la naïveté de le croire.

C'est le moment où je commence à vivre en Allemagne. Je découvre l'existence des thermes et des saunas. Interdiction de s'y rendre en maillot de bain. Tout le monde est nu, assis ou enroulé dans une serviette. On sue ensemble.

Idem à la piscine. Les vestiaires sont collectifs. Certes, il y a quelques cabines mais elles restent vides. On se déshabille et on se rhabille toutes ensemble, les jeunes et les vieilles, les minces et les grosses. Là encore, il m'a fallu du temps.

Enceinte, j'ai passé beaucoup de temps à me regarder nue devant la glace. Les premières semaines, je scrute mon ventre et attends avec impatience qu'il s'arrondisse. J'observe mes seins qui commencent, eux aussi, à grossir. À partir du cinquième mois, la fierté d'avoir un gros ventre. Tous ces mois de grossesse, je me suis trouvée belle. À la fin, énorme, je n'attends qu'une chose, c'est qu'on en finisse mais jusqu'au huitième mois, je me sens réellement femme dans ce corps portant la vie.

O - Orgasme

Comme « érection » et « éjaculation », adolescente, j'ai souvent confondu les mots « organe » et « orgasme ». Dès la quatrième, ces mots, avant leur réalité, me fascinent. Il faudra attendre quelques années pour que je fasse moi-même l'expérience de l'orgasme pour ne plus me tromper.

Au-delà de l'anecdote de cette confusion, je me souviens comme le mot « orgasme » suscite nos interrogations. Les garçons semblent être très au courant de la chose, les filles beaucoup moins. Entre nous, nous ne parlons pas de ça. Notre éducation, sans être prude, ne nous incite pas à nous poser la question du désir féminin.

Plus tard, adulte, la question de l'orgasme féminin, de sa réalité, alimente les fantasmes des hommes qui fréquentent mon lit. Dis, comment ça fait ? Ça fait comme toi, ça te fait. Pourquoi serait-ce si différent ?

L'orgasme. Longtemps, en moi, cette obsession : peut-on vivre sans orgasme ? Je suis alors convaincue que l'épanouissement personnel passe par là. Avec le temps, l'apparition d'autres priorités, je constate que j'ai changé. J'aime toujours autant avoir un orgasme, bien sûr, mais ce besoin n'est plus aussi violent et à assouvir de manière immédiate. Question d'âge peut-être. Ou spectre de l'habitude ?

Avoir la chance de tomber sur un homme qui fait réellement attention à mon orgasme, j'ai cru que ça allait de soi. Les diverses expériences que j'ai pu avoir m'ont prouvé le contraire. Malgré une certaine curiosité au départ, beaucoup d'hommes ne se posent même pas la question, plus par ignorance que par réel égoïsme. Or l'égalité entre nos sexes, c'est par là qu'elle commence.

P – Pied

Au-delà de la question de l'orthographe qui demeure, le plaisir tout d'abord de chanter cette comptine *Un kilomètre à pied* quand Maman nous oblige à aller nous promener. Nous hurlons, détachons chaque syllabe. Le temps que nous arrivions à vingt, nous voici déjà arrivés.

Un peu plus tard– c'est l'époque du CP, la ferme intention d'apprendre à sauter à pieds joints et à cloche-pied. Rester en équilibre et ne pas tomber. Dans la cour de l'école, pas de marelle dessinée au sol. Comme je suis grande, je suis un peu gauche, mais à force de m'entraîner à la maison, sur la terrasse, comme les autres, progressivement, j'y arrive.

Au collège, la découverte des expressions « C'est le pied », « Elle prend son pied », « Tu me fais du pied ». Le pied revêt alors une connotation sensuelle, voire sexuelle que j'ai du mal à saisir. C'est l'époque où l'on se dit aussi « Je te mets un doigt ». On ne sait pas vraiment où mais ce n'est pas grave.

Mes pieds, je ne les ai jamais aimés. À la lettre « C », pour mes complexes, j'ai omis d'en parler. Acte manqué.

Quand je les regarde, je vois leur taille qui me pose parfois des difficultés pour me chausser. Mais surtout, je trouve mes orteils beaucoup trop gros et difformes. Je mets du vernis mais si je peux, mes pieds, je les cache au maximum.

Toute petite, j'ai rêvé d'avoir des chaussures de fille avec le bout ouvert. Maman refuse, elle préfère m'acheter des sandales qui me tiennent bien la cheville.

Aujourd'hui, les chaussures découpées, même en été, j'évite d'en porter.

P - Poils

Longtemps désirés, au niveau de mon sexe et de mes aisselles. Ensuite, essentiellement maudits. Mes poils.

À l'école maternelle et à l'école primaire, je ne leur accorde pas plus d'attention que ça. J'ai des poils sur les bras, sur les jambes mais comme tout le monde, ni plus ni moins. Mon duvet, je l'aime bien.

C'est à la puberté que mes poils deviennent réellement un problème, non pas à cause de la perception que j'en ai mais à cause du regard des autres. Qui épient, exerçant alors une pression incroyable.

Je me rappelle avoir eu honte de mes poils pubiens. Nous sommes à la piscine, un dimanche, en compétition. Mon maillot de bain, blanc aux rayures noires, est un peu transparent. On voit mes poils. Les filles, pas toutes mais beaucoup, se moquent de moi. « Tes poils sont noirs ». « On voit tes poils ». Petites phrases anodines émises comme ça, en passant mais véritable coup de poignard pour la petite fille en train de se transformer. Aucune pitié. Aucune solidarité. À partir de ce moment-là, d'une certaine manière, je commence à être exclue du groupe.

Dès lors, l'obsession grandissante en moi de me débarrasser de mes poils. Me raser ou m'épiler. Qu'importe. Pourvu qu'ils disparaissent.

Maman met du temps pour comprendre, c'est l'époque où Yannick, mon frère, est malade. Bientôt, il va mourir.

En quatrième, seulement, j'ai le droit de m'épiler. Mon épilateur devient un objet sacré. Une autre obsession alors, toujours sans doute de peur d'être jugée par les autres : que tout soit nickel.

Vers dix-sept ans et le début de ma vie sexuelle, la préoccupation du maillot. M. a une idée bien précise. Pas de poils du tout. Je refuse. Je ne suis plus une petite fille. C'est franchement dégoûtant. Le ticket de métro comme compromis. Aujourd'hui, en écrivant cela, je suis indignée. Pour qui se prend-il pour décider comment je dois me raser ?

Avec les années, le changement de partenaire aussi, je prends du recul par rapport à tout ça. L'été, quand je porte une robe ou un haut sans manches, je prends garde à raser mes aisselles, quand je vais à la piscine, j'évite d'être trop poilue, mais rien à voir avec la pression que j'ai pu me mettre.

Les mentalités changent aussi. Pendant une visioconférence avec ma classe de quatrième, on se trouve à parler de notre rapport au corps. Quelques filles réagissent de manière véhémente et se révoltent contre la dictature du poil. Je les soutiens. Les garçons se contentent de hocher timidement la tête. L'un deux ose enfin parler de sa relation à la pilosité. Enfin.

Q – Quatorze et quarante

Si de cette première partie de ma vie, je devais retenir une période fatidique, ce serait celle-ci : l'année de mes quatorze ans. Après l'âge de raison, l'âge ingrat. Celui de toutes les certitudes et incertitudes. On joue les costauds, les « même pas peur » et les grandes gueules mais au fond, on a la frousse d'être démasqué. Pour moi, l'année de mes quatorze ans a été décisive. J'expérimente ma capacité à séduire, je me prends des claques – on dit des râteaux – mais ce n'est pas grave. En retour, j'ai droit à quelques compliments ou clins d'œil salvateurs. Parallèlement à mon corps, mon caractère se définit. Ou plutôt, j'essaie de le définir. Moi aussi, je joue un rôle.

À l'époque, je trouve les femmes de plus de trente ans vieilles. J'en connais quelques-unes et leur vie ne me fait pas rêver. Physiquement, ce qu'elles dégagent non plus. La femme de quarante ans, c'est pire : je ne vois pas ce qu'elle pourrait avoir d'intéressant à dire ou de merveilleux à vivre.

Dans deux ans, j'aurai cet âge que je méprisais. Comme ma mère, je ne me suis pas vue vieillir. Je reste l'adolescente que j'étais. J'ai juste des responsabilités mais je suis restée la même.

Je me dis « je vais avoir quarante ans », j'imagine la fête qu'on pourrait donner mais tout ceci me semble irréel, un peu comme un film hollywoodien des années quatre-vingt-dix - je pense à *Chérie, j'ai rétréci les gosses*.

Et puis, j'écris ces lignes et entends ma fille de quatre ans crier « Maman » depuis sa chambre. Retour brutal dans ma réalité.

R - Règles

La toute première fois que j'ai eu mes règles, je l'ai oubliée. En revanche, je me rappelle que ma cousine, Aurélie, monte dans ma chambre pour me féliciter et que je ressens à ce moment-là une honte très forte.

Ce dont je me souviens est que je suis en sixième et que je suis soulagée. Pas de retard à ce niveau-là. Moi aussi, je peux dire désormais : « Je les ai ».

Ma mère joue son rôle de mère, me montre comment utiliser les serviettes hygiéniques et insiste sur l'importance de se laver. Rien de pire, selon elle, que l'odeur de sang séché.

En tant que sportive, je considère mes règles comme un fardeau, m'empêchant d'exercer mon sport en toute sérénité. Les jours de règles, quatre ou cinq jours par mois, je ne peux pas nager. À l'aviron, ce sont des jours où je souffre du froid. La serviette hygiénique sur la coulisse du bateau, c'est vraiment désagréable.

J'envie les garçons qui peuvent toujours bouger, nager, ramer, courir sans être indisposés.

Entre nous, les filles, on ne parle pas de nos règles, même entre copines. Dans les vestiaires, à l'école ou à l'aviron, on n'ose pas. Même chose, plus tard, avec M., mon petit ami. Il faudra attendre la vingtaine pour que j'assume cette partie de moi et cet aspect-là de ma condition de femme.

En Allemagne, j'ai l'impression que c'est un peu différent. Les menstruations ne sont pas un tabou. À l'école, les filles en discutent. Les garçons écoutent, ne se moquent pas. Quand une fille a mal au ventre et doit se rendre à l'infirmerie, l'un d'entre eux déclare, la mine grave et compatissante : « Elle a ses règles, Madame ».

R - Rides

Ma première ride est visible dès ma naissance. Un long trait horizontal traversant mon front. Ma mère dit souvent : « Tu es née contrariée ».

Au niveau du visage, les premières rides aux coins des yeux apparaissent au moment de l'adolescence. En tant que rameuse, je passe beaucoup de temps à l'extérieur et, forcément, la peau en prend un coup. Mais surtout, je plisse les yeux quand je ris et une fois mon appareil dentaire enfin enlevé, j'aime sourire de ma large bouche.

Entre vingt et trente ans, j'ai dépensé beaucoup d'argent en produits cosmétiques. Peelings, masques, gélules, patchs pour le contour des yeux, ceux aussi contre les points noirs.

Aujourd'hui, comme mes premiers cheveux blancs, mes premières rides, bien réelles cette fois-ci, je les accepte. Je suis dans la salle de bains, face au miroir. Je vois ces lignes qui entravent mon visage lisse et j'arrive à me trouver belle.

Quand j'étais petite, Maman m'a montré comment appliquer ma crème. Pour appuyer son propos, elle se prenait comme exemple : « Regarde comme j'ai une belle peau ».

Désormais, ma mère a soixante-dix ans. Il y a peu, sur WhatsApp, j'ai eu droit à un gros plan de son menton et de son cou. Les tâches et les plis. La peau est devenue plus fine. Et pourtant, elle a fait ce qu'elle a pu. Elle se maquille, utilise de la poudre auto-bronzante, ses lunettes font diversion mais la réalité est bien là : elle a la peau d'une femme de son âge.

Paradoxalement, elle qui a longtemps lutté contre ses rides, aujourd'hui, elle n'en fait pas plus de cas que ça.

S - Sexualité

Ma première fois, comme beaucoup de personnes, ma mémoire ne l'a pas effacée. J'ai seize ans et demi, prétends en avoir dix-sept. Je suis avec M. dans ma chambre à la maison. Nous nous connaissons depuis Pâques. Il est venu pour le week-end de la Pentecôte. Mes parents sont tolérants, ils n'y voient pas d'inconvénient. Ma mère dit qu'il ne faut pas jouer les hypocrites. Hier soir, nous nous sommes embrassés, en bas de la rue, devant la maison de mes grands-parents. Cette nuit, je suis allée le chercher dans son lit.

M. essaie de me pénétrer mais ça ne marche pas. Juste un tout petit peu. Je suis trop crispée, pas assez détendue. Il me rassure, me susurre que ce n'est pas grave.

Sur le coup, je suis un peu déçue et j'ai peur de le décevoir. Et puis, j'aurais tellement voulu savoir « comment ça fait ». Heureusement, il me répète qu'il m'aime et il m'embrasse. Le lendemain, mes parents ne disent rien, ils relèvent juste que j'ai les joues bien rouges.

Maintenant, je me rends compte combien j'ai eu de la chance de tomber sur un garçon correct. Qui forcément veut mais ne me met pas de pression ni ne me fais de reproches parce que ça ne marche pas.

L'été suivant, je pars chez M. en Allemagne, le rejoindre dans sa chambre d'étudiant. Nous passons beaucoup de temps au lit, il m'initie. Nous voyons à peine le jour. On quitte la chambre à midi, on mange du muesli, on va un peu se promener et puis on retourne se coucher. Après cet été, définitivement, je ne suis plus une petite fille.

Je découvre avec lui les multiples positions, je découvre aussi qu'une fille, elle peut avoir du plaisir et se donner du plaisir. Idem pour lui. Je n'ai pas de point de comparaison mais j'ai l'impression qu'on ne se fixe presque aucune limite.

Après la rupture avec M., avec qui je suis restée six ans, pendant quelques années, je serai dans un schéma de sexualité exacerbée. Nul besoin de la lecture de magazines féminins pour entretenir certaines de mes croyances à ce sujet.

Toutes ces années entre mes vingt ans et le début de la trentaine, j'ai cru que l'amour qu'un homme me portait se mesurait à la fréquence des fois où il me faisait l'amour. L'équation est alors simple : si tu me baises, c'est que tu m'aimes. Plus tu me baises, plus tu m'aimes.

Ce raisonnement a été à son paroxysme avec H. Aujourd'hui encore, je suis incapable de définir ce qui le reliait réellement à moi. Des sentiments certes, mais je crois que ma libido de l'époque - j'ai alors vingt- cinq ans - a été l'élément déclencheur de son désir d'être avoir moi.

Je n'ai alors pas forcément confiance en moi, sans doute à cause de la rupture avec M., et souvent, avec lui mais aussi avec d'autres, je me force à convaincre l'autre que je suis digne d'être aimée.

Seulement aujourd'hui, je me rends compte que je souffre à ce moment-là d'un trouble affectif.

Faire l'amour, ça doit alors être tous les jours. Même quand ça m'ennuie carrément. Je me surprends à penser : « Si tu ne le fais pas, si tu n'es pas à la hauteur, il va te quitter ».

Je me souviens maintenant d'une fois dont j'ai honte maintenant. J'observe la scène. Je n'en suis plus le personnage principal, l'écriture fait de moi un témoin, simple observateur. Je suis avec H. dans un train de nuit. Nous remontons du Sud, nous venons d'y passer une semaine. Je sais que quand le train arrivera en gare de Freiburg, très vite, il ne sera plus à moi. Je me prête à une scène digne d'un mauvais film. Scène de cul dans le wagon-lit. Nous sommes seuls dans le compartiment. Il me prend par derrière. Ça l'excite. Je me souviens me regarder dans le reflet de la vitre, nous venons de passer Avignon. La fille que je vois, c'est bien moi et pourtant, je ne me reconnais pas.

Écrire ces quelques lignes, en 2021, des années après, ça me demande un peu de courage. J'ai cru au départ ne pas y parvenir. Ma fille, pendant ce temps, joue aux Playmobil à mes pieds. Un jour, peut-être, elle lira ces lignes. Situation étrange tout de même. Heureusement, même si je l'écris, j'ai déjà assez de recul pour ne pas revivre cette scène pendant que je la raconte.

Cette vision et pratique de la sexualité correspond aussi à mon refus, toutes ces années, de vivre ce que l'on considère communément comme étant la normalité. Je crache alors sur ce qui fait la vie, dans toute sa simplicité. Les repas de famille, les projets de vacances, la voiture qu'il faut changer. Refus de l'ordinaire, recherche de l'inédit, des sensations fortes. À tout prix, dans tous les domaines.

À l'époque, je n'ai pas l'expérience nécessaire pour m'analyser. Aujourd'hui, je peux dire : ce refus du normal, cette hypersexualité, c'était une sorte de fuite perpétuelle et d'autodestruction liée sans doute à la peur de mourir. Finalement, toutes ces années, je suis en plein dans l'absurde. Un jour, je vais mourir, je ne suis rien, vivons donc la vie en la brûlant de tous les côtés. Mais qu'est-ce que cela veut dire « vivre la vie » ?

Cette recherche de l'exclusif, du romanesque inédit, est ma marque de fabrique toutes ces années. Et puis à trente ans, grâce à mes retrouvailles avec l'écriture, j'ai changé. Ou plutôt, je suis enfin redevenue celle que j'étais vraiment.

Fini le besoin incessant de l'extraordinaire. J'apprends à aimer la vie dans ce qu'elle a de plus banal et de plus sain. La normalité ne m'emmerde plus. Finie cette peur de s'enliser dans un quotidien fait de travail, du couple et des loisirs. Je commence à rechercher et à savourer le calme et la sérénité, dans tous les domaines.

S - Souvenirs

Les premiers souvenirs que j'ai de mon corps.

J'ai deux ans et je monte les escaliers qui mènent à la terrasse de ma tante, Chantal. La bute est raide, ce n'est pas facile. Depuis là-haut, les adultes m'encouragent. Je ne sais plus si j'arrive à les rejoindre ou s'ils descendent me chercher.

À l'école maternelle, grande pour mon âge, je semble plus âgée. Je suis pourtant la plus jeune. Dans la cour, les garçons ne m'embêtent pas encore à cause de ça. La maîtresse se fait un peu de souci concernant ma timidité et mon langage. Lot de séances chez l'orthophoniste, Madame Lambert. On répète des sons mais surtout on joue.

Je suis une petite fille plutôt mince. La coupe au bol puis, plus tard, les cheveux longs, ondulés, avec une frange. Je n'aime pas les brosser, j'ai souvent des nœuds.

En moyenne section - on dit chez les « moyens », je gonfle mon ventre tout rond et je déclame fièrement « J'attends un bébé ». Logiquement, ça correspond au temps où Maman attend Guillaume ou vient d'accoucher. Cependant, je ne la revois pas enceinte.

Le temps où j'apprends à distinguer la gauche et la droite. J'ai un petit bouton rose sous le pouce de la main gauche et ça me sert de repère. Je ne sais pas encore nouer mes lacets mais je m'habille toute seule. Le matin, avant d'aller à l'école, Papa nous lave au gant et à la savonnette. Inspection des ongles et des oreilles.

Dans mon carnet de santé, Maman colle des photos pour chaque âge de notre enfance. La naissance, à dix mois, à deux ans et ainsi de suite. Sur la photo à la maternité, Papa me tient dans ses bras. Je suis moi aussi un gros bébé. Les propos du médecin : « C'est le plus beau bébé de la maternité ». Plus tard, mes frères, Guillaume et Nicolas, pour m'embêter, diront : « Le plus gros bébé de la maternité ».

Sur la deuxième image, j'ai dix mois, je ne marche pas encore. Je joue sur la terrasse. La couverture est en laine, des carreaux blancs et marron. Je porte un petit chapeau de matelot, un vrai baigneur. Je souris à l'objectif. Impossible de déterminer l'identité du photographe. Maman ou Papa.

J'ai dix mois, Maman a recommencé à travailler, je suis chez la Michelle, ma nounou. Une autre photo, le portrait tiré en grand. Je viens de pleurer. J'ai la lèvre pendante, l'œil flou. J'ai l'air un peu bête.

À l'école maternelle, dans la petite section, je suis dans la classe de Madame Truchot. L'après-midi, je fais la sieste. Je me revois essayant de m'endormir dans la petite pièce attenante à la salle de classe. Le toit est en pente, il fait sombre. La grande fenêtre ronde me fait penser à une lucarne. Je viens de manger à la cantine. J'ai piqué les petits pois un à un. Ai pris garde de bien finir mon assiette et de la nettoyer avec un petit bout de pain.

À la récréation, beaucoup de temps passé à jouer dans le sable. On le tamise. Plus tard, dans la grande salle, des exercices et des gestes bizarres sur des comptines et des chansons. Celles de *La compagnie créole*. Mais aussi *Cadet Rousselle* et *Il était un petit navire*.

En moyenne section, on ne dort plus, on est grands maintenant. Jeanne-Marie, la maîtresse, nous raconte des histoires et on doit réciter des poèmes. Dans la cour, les jeux évoluent. Le loup, les pneus, les histoires que l'on se raconte. Accoudée au vieux mur qui sépare l'école de l'église, je regarde le cimetière et toutes ses croix. Qu'est-ce que c'est calme.

Je commence à comprendre comment faire claquer ma langue pour imiter un cheval. Clac clac clac. J'apprends aussi à siffler des petites mélodies. J'adore ça. Maman dit « Une fille, ça ne siffle pas ». Je m'en fiche, je siffle quand même.

À table, les parents et les bonnes manières. On ne met pas les coudes sur la table. On ne tend pas la joue pour dire bonjour.

Tiens-toi droite

Lève la main

Reste assise.

Premières interdictions inculquées au corps.

Au-delà de ces premiers souvenirs, je constate que mon corps a sa propre mémoire. C'est indéniable.

Dans l'enfance, maints gestes répétés pour être assimilés. Le coloriage, le vélo, le ski. La corde à sauter. Les pirouettes et les roues. Mais aussi des gestes plus subtils, moins perceptibles. La caresse de ma main sur le dos de mon chien. Les bisous que je fais à mon frère Yannick ou celui de Maman le soir quand elle vient nous dire bonne nuit. Mes deux mains sur le bol le matin. Mon corps de petite fille tâte, touche, palpe. Il voit et renifle. Et il enregistre.

S - Sport

Enfants, avec mes frères, nous faisons beaucoup de sport. Dès l'entrée en maternelle, Maman n'a qu'une idée : que nous apprenions à nager. Le pédiatre, le docteur Piot, le lui conseille pour écarter tout risque de scoliose. Le mercredi et le samedi, elle nous emmène à la piscine. Leçons de natation dans le petit bassin avec Nanou, Patrick et Nicole. À quatre ans, je traverse le bassin de vingt-cinq mètres, encouragée par Nanou et Maman. Si j'y arrive, j'aurai une poupée.

À partir de l'école primaire, Maman veut que nous ayons des activités. Du sport et de la musique. Pour le sport, ce sera natation et tennis. Plus tard, quand nous aurons l'âge, nous commencerons l'aviron. La natation, l'aviron, deux sports d'eau.

Le sport fait partie de notre quotidien et nous trouvons ça normal. En primaire, trois entraînements de natation le soir après l'école ; au collège, cinq entraînements d'aviron hebdomadaires.

De ces deux sports, la natation et l'aviron, difficile de dire lequel je préfère. J'aime beaucoup nager mais avec les filles du groupe ça se passe mal. Ce n'est pas forcément leur faute, j'ai du mal à m'intégrer, je ne sais pas quoi leur dire. Aujourd'hui, je vois que c'est lié à un décalage. Elles sont très ados, je ne suis encore qu'une enfant.

À l'aviron, aucun problème de la sorte. Mais le mouvement en soi me demande plus d'effort qu'à la natation. Alors que nager est naturel, à l'aviron, je sens davantage que je rame.

Quoi qu'il en soit, dans ces deux sports, le goût et la recherche du geste bien accompli. Je dissèque le mouvement et cherche à l'effectuer de manière parfaite. En crawl, le S que je dessine avec ma main ; à l'aviron, la rotation du poignet quand la pelle se lève avant de rentrer dans l'eau.

La natation et l'aviron m'ont permis de m'accepter telle que je suis, notamment au niveau de ma taille. Être grande n'est plus une raison d'être raillée. C'est un atout dont je sais bien profiter.

Se sentir bien dans son corps, c'est fondamental à l'adolescence. Faire du sport à cette période de ma vie a été important pour la suite. Une confiance en soi pas trop entamée. L'apprentissage de la persévérance et de l'endurance.

Toutes mes années d'études, je n'ai pratiqué aucun sport, si ce n'est le vélo pour me déplacer, les quelques séances de natation et les semaines au ski pendant les congés universitaires.

Je n'ai retrouvé la natation en tant que telle il n'y a que quelques années. L'année de mes trente ans, également, là aussi, simultanément au retour à l'écriture. Nager et écrire, maintenant j'en ai bien conscience, ce sont mes luxes.

Pendant ma grossesse, j'ai nagé presque tous les jours. Avec et sans palmes, avec et sans la planche. Une heure pendant laquelle je ne forçais pas, je nageais tranquillement, concentrée sur le mouvement et convaincue du bien que je faisais à mon bébé. Jusqu'à la veille de mon accouchement, je suis allée à la piscine. Les derniers jours, je me souviens du regard de certains hommes me voyant entrer dans le bassin. Ce regard, à la fois étonné et effrayé, il me fait encore sourire.

Après l'accouchement, pendant deux mois, je ne suis pas retournée nager. La première fois, ça m'a fait franchement bizarre de ne plus avoir mon gros ventre et de ne plus sentir mon enfant en moi. J'ai aligné les longueurs puis multiplié les séances. Peu à peu, je me suis réapproprié mon corps.

Pendant la crise du Covid, j'ai souffert de la fermeture des piscines. Il a fallu accepter que mon corps en subisse les frais. Lors du premier confinement, comme tout le monde, j'ai pris la résolution de faire du sport. J'ai téléchargé des applications et j'ai acheté un vélo d'appartement. Force, vite, a été de constater que je n'arrivais pas à me motiver. Je n'ai pas lutté. Je me suis alors rabattue sur l'écriture.

T - Téton

À l'école maternelle, je contemple et touche mes tétons, ces deux petits boutons. Leur symétrie imparfaite me trouble ; le fait aussi, plus tard, d'apprendre que je suis un mammifère et que mes seins, ce sont mes mamelles.

À l'adolescence, l'angoisse que mon sein droit devienne plus petit que mon sein gauche. Je souhaite une symétrie parfaite. La satisfaction d'avoir des petits tétons bien définis, qui n'envahissent pas le reste de la poitrine.

Je n'ai alors pas forcément conscience de l'aspect érotique qu'un téton peut avoir. Les garçons trouvent sexy une fille qui ne porte pas de soutien-gorge sous son t-shirt et quand on devine les tétons qui se durcissent. Pour l'instant, je ne vois pas ce qu'il y a de stimulant. Moi, le contact rude du coton me fait mal, je suis bien soulagée de pouvoir protéger mes seins et de ne plus avoir le mamelon écorché.

À un moment donné, mais j'ignore quand exactement, on trouve dans le commerce des hauts avec des faux tétons durs. Beaucoup de filles se ruent sur ces tenues.

En classe, me voici à enseigner la poésie de la Renaissance. Je découvre avec sidération - mais aussi, il faut l'avouer, un peu de fascination - *Le blason du beau tétin* mais aussi *Le blason du laid tétin*. Avec les élèves, nous les étudions rapidement, ça les fait rire, parfois rougir. Maintenant, ces textes, je les laisse de côté.

Les dernières semaines de ma grossesse, mon corps est prêt à allaiter. La surface de mes tétons s'est agrandie, ils ont bruni. Si je les presse, il y a un peu de lait. Juliette est née, je vais l'allaiter pendant six semaines. L'allaitement ne me réussit pas, je me mets trop de pression, je deviens dingue. Juliette a besoin de beaucoup de lait, elle passe ses journées à mon sein. Elle se jette sur mes tétons comme un lionceau affamé. Je me sens de plus en plus étrangère à moi-même. Ce lionceau qui me dévore, ça me fait peur. Très vite, je vais renoncer.

T - Tripes

L'un des mots de la langue française les plus expressifs, un mot qui sent bon le terroir, ce que l'on commande chez le boucher, quand on veut se faire plaisir à table.

L'un de mes mots préférés aussi. C'est direct et authentique, sans chichi. Un peu comme une bonne tête de veau que Jacque Chirac aimait tant. Tout ce que j'aime.

Comme « boyau », la curiosité, ou plutôt le besoin de savoir enfin ce que ce mot désigne exactement.

La réalité exprimée par ce mot, finalement, je l'ai seulement saisie à travers l'écriture. « Ça me fait triper », « Je mets mes tripes sur la table ». Il exprime exactement ce que je ressens quand j'écris. Rien à voir avec l'intellect, c'est viscéral, presque brutal. Je dois m'exprimer et partager, même si ça déborde et que c'est un peu dégoûtant. Dans ces moments-là, je ressens l'écriture comme le partage d'une orgie gargantuesque.

U- Utérus

Née en 1983, je suis d'une génération à laquelle on enseigne le BABA de l'anatomie humaine. En quatrième, en troisième puis au lycée, les schémas à colorier et à apprendre par cœur. J'ai une bonne mémoire, j'enregistre tout. Quand on me parle de vagin ou d'utérus, je sais de quoi on parle, je visualise.

Je connais la différence et l'organisation de mes organes génitaux. Le vagin, le col de l'utérus, l'utérus. Les trompes et les ovaires. Adolescente, ça me passionne. Adulte, plus concernée, je suis contente d'avoir des rudiments de connaissance.

Mon utérus, je l'ai longtemps méconnu, voire dédaigné, ne sachant pas vraiment comment le définir. Organe ou muscle, cavité ou paroi. C'est assez compliqué.

L'expression « col de l'utérus » m'a également longtemps laissée perplexe. On se croirait à une étape du Tour de France. Celui qui le franchira accèdera à une destination lointaine et convoitée. Un peu comme dans un conte de fée.

Pendant de nombreuses années, je ne sens pas mon utérus, même pendant les règles. Je le devine sous ma peau, en bas de mon ventre, entre mes deux ovaires.

Mes visites annuelles chez le gynécologue me font ensuite prendre conscience de son existence réelle et surtout de son importance.

Il faudra attendre ma grossesse pour qu'enfin, je le considère comme il mérite de l'être. Le centre vital de mes organes génitaux, celui qui me permet de devenir mère, ce qui entoure et nourrit mon bébé.

Celui qui se contracte aussi, même après la naissance et la césarienne. Qui me fera pousser des cris de douleur et me sentir comme un citron pressé sur le lit à la maternité.

Celui qui, un jour, je crains, comme beaucoup de femmes, de voir atteint. Un peu comme la prostate chez un homme ou chez une femme, ses seins. Suite à une opération bénigne - il s'agit de m'enlever un polype, ma position devient claire sur ce point : s'il devait y avoir un problème grave, je serais prête à le sacrifier.

V- Vagin

La sempiternelle mystification du vagin.

Longtemps, le mot en soi fait un peu peur, on n'ose pas le prononcer. Il faut attendre la fin des années quatre-vingt-dix et le succès de la pièce *Les Monologues du vagin* pour que les gens n'aient plus peur ou honte de ce terme.

Adolescente, bien avant le début de ma sexualité, la question du vagin se pose à cause des tampons. Je suis réglée et j'ai le choix entre ces derniers et les serviettes hygiéniques. C'est plus à la mode d'utiliser les premiers, alors, pour faire comme les autres, j'essaie aussi. Dans les années quatre-vingt-dix, ils sont immenses, rien à voir avec ceux que l'on utilise aujourd'hui. Il y a un applicateur et l'utiliser est une science en soi. Je place l'applicateur dans mon vagin, ou plutôt dans l'orifice que je trouve. Je pousse, j'ai mal, j'insiste puis j'abdique. Maman me rassure : « Moi non plus, je n'ai jamais pu ».

Les autres mésaventures de mon vagin. Sécheresse et mycose vaginale. Au début, je culpabilise, ne comprenant pas. Ensuite, je m'informe et je me rends compte que beaucoup de femmes, au moins une fois dans leur vie, ont été touchées. Je soigne mon vagin comme n'importe quelle autre partie de mon corps. Ne dramatise pas. N'ai plus honte non plus.

Le vagin, c'est une partie comme une autre. Rien de plus. Pas forcément le passage obligé vers le Nirvana.

Chez les hommes, sans doute à cause des magazines, l'obsession, l'illusion peut-être, de l'orgasme vaginal. Oui, on peut contracter, comme on peut contracter n'importe quel muscle. À n'importe quel moment. Tu vois, là, je te parle et je contracte.

V - Végétarienne

Pendant six ans, j'ai été végétarienne. À l'époque où je vivais avec M. Lui-même l'étant, c'était plus pratique. Alors étudiante, c'était aussi moins cher.

Aujourd'hui, je mange à nouveau de la viande mais comme beaucoup de gens, j'en ai réduit ma consommation. En Allemagne, où je vis depuis vingt ans maintenant, être végétarien est devenu une normalité. Les faux-débats du type « Faut-il autoriser un menu sans viande dans les cantines scolaires ? » n'existent pas. Ils sont vus comme appartenant à une autre époque.

Serai-je moi aussi un jour complètement végétarienne ? Peut-être. Pourquoi pas ? Je ressens qu'au point où j'en suis, il s'agit davantage d'un effort que, lâche et paresseuse, je n'arrive pas à fournir de manière constante au quotidien alors que, paradoxalement, au niveau éthique, cela fait bien longtemps que je suis d'accord.

Juliette, peut-être, sera celle qui me forcera à évoluer pour de bon. Pour l'instant, elle mange volontiers de la charcuterie mais qui sait comment elle évoluera quand elle sera plus grande ? Pour moi, déjà, une chose est sûre : tout en veillant à son équilibre nutritionnel, jamais, je ne la forcerai à manger de la viande.

V - Vessie

Quelque part, vers mon utérus et mon vagin, se trouve ma vessie. Où exactement, je devrais le vérifier. En tous cas, ma vessie, je la sens. Quand elle se remplit et qu'elle se vide. La pression au niveau du bassin puis le soulagement qu'enfin, on en finisse.

J'ai une grande vessie. C'est un détail qui compte : inutile d'aller aux toilettes constamment, je peux tenir pendant des heures.

Et pourtant ma vessie, plus peut-être que les autres parties de mon corps, elle en a vu de toutes les couleurs. Dans le lot, je retiendrai les infections urinaires, ce que les médecins nomment « cystite ».

Ma première infection urinaire, je m'en souviendrai longtemps. Les douleurs intenses au moment d'uriner, cette brûlure qui ne faiblit pas et la perte de contrôle sur mon corps. Cette fois où, dans le bus scolaire qui nous ramène du lycée, je me fais littéralement pipi dessus. Heureusement, c'est l'hiver, je suis camouflée, mes camarades ne remarquent rien.

Chez moi, pendant de nombreuses années, les infections urinaires ont été chroniques. Ce n'est pas forcement lié au sexe, à la fréquence de mes rapports. Non. Pour la moindre contrariété, ma vessie réagit. Je lutte, bois alors des litres et des litres d'eau chaude mais rien à faire, ça ne passe pas. Prise obligatoire d'antibiotiques.

Et puis ça s'est calmé. Si bien qu'aujourd'hui, j'ai oublié la dernière fois où j'en ai fait une.

Je ne bois pas forcément plus. C'est passé, c'est tout.

V - Violences

Au départ, pour la lettre H, je voulais inscrire le mot « hôpital » pour exprimer mon soulagement de n'avoir jamais eu à subir la moindre hospitalisation liée à un problème de santé grave. Mais j'ai abandonné, considérant comme un peu déplacé d'étaler ma chance alors que d'autres femmes, à mon âge, ne l'ont pas, justement, cette chance.

Au départ, pour la lettre V, idem : je n'avais pas prévu de parler de « violences ». Puis j'ai changé d'avis.

Au fur et à mesure que j'avance dans l'exploration de mon rapport à mon corps, je dois reconnaître que présenter celui-ci comme indemne de violence, c'est sous-estimer le véritable sens de ce mot. J'ai subi des violences même si elles n'ont rien à voir avec ce que d'autres femmes ont pu vivre. Les moqueries à l'école, les remarques blessantes sur mon corps, mêmes les simples injonctions à son égard, ce sont des violences. Certes, ce n'est pas un viol ou une agression mais je remarque en moi que j'en garde une marque, une trace indélébile.

Comme beaucoup de mots de ce dictionnaire, le mot « viol », je l'ai souvent confondu avec un autre. Un vol, un viol. On nous en parle dès l'adolescence mais je ne connais aucune femme concernée. Là encore, en province, on ne parle pas vraiment de ces choses-là.

Si la réalité du viol m'est longtemps restée inconnue et a été liée en moi à la persistance de quelques préjugés, il en est de même avec l'inceste. Pendant des années, comme beaucoup de gens, j'ai associé ce crime à la misère sociale. Il aura fallu que je perde une amie très chère en 2020, victime d'inceste dans son enfance, pour que je comprenne enfin et ouvre les yeux. Le livre de Caroline Kouchner en janvier 2021 a confirmé ce que j'avais compris à travers la mort de mon amie. Aujourd'hui, en classe, j'essaie d'être plus attentive. Être vigilante pour tenter de voir ou de déceler.

W - Wonderbra

Dès la fin de ma scolarité à l'école primaire, l'obsession de ma poitrine, le souhait profond d'en avoir une réelle, bien visible, très arrondie.

J'ai fait ma puberté en même temps que les autres, c'est-à-dire vers l'entrée au collège. D'autres filles sont plus en avance. Déjà à l'école primaire, au CM2, dans la cour de récréation, on s'attribue des noms de montagne selon la taille de nos seins. Il y a le Mont-Blanc, le Mont Ventoux. Moi, pour l'instant, je ne suis rien. Je ne suis même pas encore en mesure de déclamer solennellement : « Waterloo, morne plaine ».

Ensuite, ma poitrine restera assez plate. Presque comme si je cherchais à m'en excuser, je me dis : « C'est parce que je suis trop musclée ».

À la télévision et dans les magazines, les publicités Wonderbra avec Eva Herzigova et plus tard Adriana Karembeu, le décolleté plongeant.

Les garçons fantasment sur ces publicités, peut-être plus que sur celles de la marque de lingerie Aubade qui ornent les abribus. Les filles, elles, rêvent de faire à leur tour fantasmer les garçons.

Moi aussi, j'aimerais posséder un push-up Wonderbra mais ça coûte cher. Je compense comme je peux, je me débrouille. Plus tard, pendant mes années d'étude, vivant en Allemagne, je me rue sur les modèles moins chers proposés par H&M.

On voit que c'est du faux, mes seins sont trop pointus. Aujourd'hui, je n'oserais pas, ce serait grotesque. Mais à vingt ans, tout est permis.

X - film ou revue X

Je n'ai jamais regardé de film porno en entier ni n'en ai éprouvé le besoin. Comme tout le monde, j'ai vu des extraits, des filles prises de tous les côtés, gémissant de manière très sonore. Mais ça ne m'a jamais vraiment excitée.

Pourtant, j'arrive à concevoir qu'adulte, on puisse aimer ou ressentir la nécessité de visionner ce genre de films. De même, avec le temps, je parviens à ne pas juger les acteurs ou les actrices de ce type de productions. Pas sûre qu'ils soient forcés, peut-être qu'ils aiment faire ça. Après tout, pourquoi pas.

Plus jeune, j'étais beaucoup moins tolérante.

Je me souviens de mes dix-sept, dix-huit ans. Je viens d'arriver en Allemagne pour rejoindre M. Il vit en colocation. Aux toilettes, je découvre un numéro de *Playboy*. Je fais une crise, tire les vers du nez à M. : cette lecture, c'est la sienne, pas celle de ses deux colocataires. Il n'a pas d'abonnement mais chaque mois, il se rend au kiosque pour acheter ce magazine.

Cette découverte m'a traumatisée. L'emploi de ce terme n'est pas exagéré. Le garçon que j'aime de manière absolue, je ne lui suffis pas. Il a besoin de voir d'autres femmes nues que moi. J'en souffre énormément. Quand on fait l'amour, je lui demande : « Tu ne penses qu'à moi, n'est-ce pas ? » Je perds confiance en moi. Je deviens triste.

Il me faudra du temps pour accepter la présence de ces lectures chez M. Ensuite, je ferai un effort pour essayer de comprendre. Maintenant, la femme de trente-huit ans que je suis en veut à M. pour ces efforts qu'il m´impose, même si, avec le recul, j'ai bien conscience qu'il y a pire que Playboy. J'étais si jeune, si innocente. Cette candeur, il aurait dû la protéger, essayer de la préserver le plus longtemps possible. Au lieu de ça, il l'a piétinée.

En tant qu'enseignante, je constate que la pornographie fait partie du quotidien de beaucoup d'élèves. Ils confondent alors pornographie et érotisme et sont convaincus que faire l'amour avec une fille ou un garçon, ce doit être comme dans les films qu'ils regardent. Le mâle surpuissant, la femme soumise. Ou l'inverse. Rien de doux, rien de délicat. Aucun partage. Leurs complexes sont renforcés, que ce soit chez les filles ou les garçons. Sans vouloir leur imposer une norme, l'importance de leur inculquer un minimum les fondamentaux : dans la vraie vie, la sexualité, même la plus libre, la plus débridée, ce n'est pas ça.

Y – Yoga

Comme la question du végétarisme, celle du yoga s'est posée un jour. C'est l'époque où la relaxation passe forcément par cette pratique. Le yoga est à la mode, devenant presque un signe distinctif de classe sociale. J'ai quelques a priori, je ne trouve pas stressée mais je me laisse tenter.

Forcer mon corps à un immobilisme même relatif, c'est impossible. Au contraire, ça turbine dans ma tête. Je vois les autres femmes autour de moi très appliquées et concentrées, je me donne du mal mais je n'y arrive pas.

J'ai essayé plusieurs types de yoga, voulant laisser une chance à cette discipline. J'ai eu de bons professeurs, d'autres plus médiocres. Mais chaque fois ce constat affligeant : ce n'est rien pour moi.

J'ai culpabilisé et puis me suis résignée. J'ai compris que chacun se détendait comme il pouvait. En ce qui me concerne, rien ne vaut une bonne séance de natation, ou un dimanche matin passé à cuisiner en écoutant la radio.

Z - Zézette

Vers quatre ans, l'apprentissage des mots pour désigner les sexes, « zizi » et « zézette ». L'apprentissage aussi qu'il ne faut pas mettre la main dans la culotte et qu'il faut justement toujours en porter une, de culotte. Ma zézette, je la regarde, me penchant au maximum en avant sur mon petit corps. En général, c'est le moment du bain. Je regarde, sans être plus intriguée que ça. Les lèvres, extérieures et intérieures, la peau douce.

Les culottes en coton blanc avec ou sans motifs achetés à Leclerc. La marque des élastiques sur ma peau, comme celles des chaussettes. On dirait de la dentelle.

La nuit, pour dormir, il faut ôter la culotte. Maman ne transige pas. « Tu enlèves ta culotte et tu enfiles ton pyjama ». Les premières chemises de nuit sur lesquelles je tire pour que, plus longues, elles deviennent des robes de princesse.

Quand le mot « zézette » disparaît-il de mon vocabulaire ? Avant la puberté, déjà à l'époque du primaire. Je ne sais alors plus comment désigner mon sexe. Le mot « chatte » est trop vulgaire. Il fait rire les garçons et nous, les filles, à partir de cet instant, nous n'osons plus utiliser ce mot pour nommer la femelle du chat.

Comme mes amies, je dirai « mon sexe » mais tout de suite, une distance s'établit avec ce qui, finalement, m'était si familier.

Au fond, pourquoi n'ai-je plus eu le droit de dire « zézette » ? Parce que ça fait bébé ?

Ce mot, je le retrouverai avec ma fille de quatre ans. Aujourd'hui, à mon tour de lui dire : « On ne montre pas sa zézette, ne touche pas ta zézette ». J'éprouve un réel plaisir à avoir le droit de prononcer à nouveau ce mot.

Juliette résiste : « Moi, ma zézette, je la trouve belle, j'aime la caresser ».

Ma réponse : « Très bien, mais pas en public ».

Transmettre une certaine liberté, ne surtout pas créer de tabou mais apprendre la pudeur. Vaste programme.